Detlev H.G. König

Inselleben

Porträts und Lyrik

impressum:
detlev h. g. könig
22549 hamburg 2015
tel: 040-395003
detkoenig.jimdo.com
© alle rechte beim autor
© alle fotos vom autor

Herstellung und Verlag:
BoD - Books on Demand, Norderstedt
ISBN 978-3-7386-2532-5

Was verbindet den Inselgitarristen vom Kiez mit dem Inselmusikanten von Föhr, und was sagt der Aetna dazu? Der Autor besuchte Insulaner auf nahezu allen Weltmeeren auf der Suche nach ihrem Leben und ihren Lieblingsplätzen.

Detlev H.G. König, *1953, Studium und Arbeit als Psychologe und Pädagoge in der Erwachsenenbildung bis 2003, erste Veröffentlichungen in Zeitschriften und Anthologien. Lyriker und Autor von Reisetagebüchern. Zuletzt erschienen: „Pluto im Plankton" (Lyrik 2014), „Leben am Meer", (Porträts und Lyrik 2014). Zurzeit erscheint ein Band mit Fährgeschichten und ein Umweltkrimi. Lesungen im Bistro „Roth" (Altona) und im Kulturcafé „Komm du" (Harburg). Mitglied der Hamburger Autorenvereinigung.

Inhaltsverzeichnis

Insulaner sind anders!

Sind Insulaner wirklich anders? Wäre zu beweisen. Insulaner sind ein besonderer Menschenschlag, sie tragen lieber „Friesennerz statt Flanell". Oder tauschen den „Motorradsitz gegen die Friesenbank", wie es Katja von der Hallig Hooge ausdrückt.

Was zu beweisen wäre: Was Insulaner vor allem anderen auszeichnet, ist ihr Zusammenhalt, ihr „Wir-Gefühl". Davon muss man und Frau auch eine Menge haben, wenn man freiwillig auf einem „bewohnten Wellenbrecher" lebt. Auf dem man sich zur Not selbst helfen muss, wenn die letzte Fähre abgelegt hat und die nächste erst morgen kommt. Oder nächste Woche, oder bei Sturm noch später.

Bisweilen treibt das Wir-Gefühl auch bizarre Blüten bis hin zum Separatismus, etwa auf Korsika. So unterschiedlich Inseln auch sein mögen, bezüglich ihrer Größe und Lage, so haben sie mindestens noch eins gemeinsam: Egal in welche Richtung man fährt oder geht, irgendwann landet man immer im Wasser. Und das wiederum führt dazu, dass sich die Bewohner nur schwer aus dem Weg gehen können. Und weg können sie höchstens mit der letzten Fähre. Folglich bleibt ihnen nur das Auswandern, oder das Sich-Vertragen.

Nicht nur in vergangenen Zeiten mussten viele Insulaner ihre geliebte Insel verlassen und anderswo Arbeit und eine Bleibe suchen, denn vor der „Erfindung des Tourismus" konnte ein Mann von der Insel nur Fischer oder Seemann werden. Er wohnte dann zwar noch auf seinem Eiland, war aber tage- oder wochenlang auf See. Wenn er nicht ganz auf See blieb.

Das der (Massen-)Tourismus nicht nur Segen, sondern auch Fluch sein kann, erfahren die Bewohner der Insel Sylt seit geraumer Zeit zur Genüge: Durch den „Trend" in gewissen Kreisen, sich eine Zweitwohnung auf Sylt zu leisten, können die Sylter ihre Wohnungen auf der Insel nicht mehr bezahlen. (Initiative „Rettet die Sylter") So wird aus Sylt perspektivisch eine Insel, die in der meisten Zeit des Jahres unbewohnt ist! Kann das im Interesse der Zweitwohnungsbesitzer und „Freunde Sylts" sein?

Wo bitte geht's nach Lühesand?

Von den fünf Inseln in der Elbe sind nur zwei heute noch bewohnt: Krautsand und Lühesand.
Erstere ist von Drochtersen über eine Brücke, die zweite von Grünendeich im Alten Land nur durch eine Fähre erreichbar.

Der Fährmann dazu heißt Holger B. und die Insel ist seit Kindertagen sein Zuhause. Bis zur Schulzeit lebte der heute 56-jährige mit seinen Eltern auf Lühesand, danach nur noch in den Ferien. Der tägliche Schulweg mit dem Ruderboot war besonders im Winter zu beschwerlich.

Das einzige Steinhaus auf der Insel wurde 1947 von Großvater Heinrich erbaut, der die Insel seit 1933 gepachtet hatte. Sein Sohn Willi übernahm später (Gast-)Haus und (Camping-)Platz, 1987 folgte ihm dessen Sohn Holger, der seitdem Fährmann, Gast- und Campingwirt in Personalunion ist.

Die Nutzung der Insel als Zeltplatz geht in die 1930er Jahre zurück, sie wurde seinerzeit überwiegend von Seglern und Wasserwanderern angefahren. Bis 1962 war das Zelten frei und kostenlos.

Für alle, die kein eigenes Boot haben, wurde im selben Jahr vom Vater Willi der Fährverkehr nach Fahrplan übernommen. Denn Autos gibt es auf der Insel bis heute nicht!

Aber Wohnwagen für die Dauercamper – wie geht das? Mit den umgebauten Rheinfähren „Camper I + II" werden nach Vorbestellung Caravans im Frühjahr und Herbst auf die und von der Insel gebracht. Dann hat Holger alle Hände voll zu tun, wie auch die übrige Saison keine „Sommerfrische" für ihn sein dürfte.

Aber Urlaub kann er ja im Winter machen, wenn seine Sommergäste wieder arbeiten müssen! Denn neben Fähre, Gasthaus und Camping sind auch noch Turniere für die Gäste zu organisieren.

Aber genau das lieben die Camper an Lühesand so: die Gemeinschaft, und die ungestörte Natur. Heute ist Lühesand dreigeteilt: Eine Hälfte gehört dem Vogelschutz, die andere Hälfte teilen sich Camper und Wochenendhäusler. Von beidem sieht man so gut wie nichts, und die Stille auf der Insel haben alle für sich: Vögel und Menschen!

Man fühlt sich unversehens in eine andere Zeit versetzt, denn Zeit spielt hier keine oder eine andere Rolle. Hektik hat hier nichts zu suchen, in der Ruhe liegt die Kraft. So könnte es auf dem Schild am Fähranleger stehen.

Wer die Insel und/oder das Gasthaus besuchen möchte, für den gibt es hier die Adresse mit Telefon: Holger Blohm, Sandhörn 6a, 21720 Grünendeich, 04142/2775 bzw. 1336.

Sommer an der Elbe

der fluss
schwitzt teer
und öl aus

die sonne
schmilzt rot
vor hitze

bevor sie
erschöpft ins
wasser geht

Jonas muss Männchen schnitzen

Dabei wohnt Jonas K. (K. wie Krautsand) gar nicht in Lönneberga, sondern eben auf besagter Elbinsel. Dort lebt und arbeitet er als Bildhauer und (Kinderbuch-)Illustrator, doch bekannt wurde er vor allem durch seine „Knollennasen"-Figuren.

Gemeinsam mit seiner Frau Ami kam er vor 20 Jahren aus Blankenese nach Krautsand. Seitdem bevölkern drei Kinder und vier Haustiere (Hund, Katze, 2 Ponys) das bemooste Reetdachhaus mit Stall und Scheune, in der auch die Werkstatt ist. Der älteste Sohn ist inzwischen nach Hamburg gezogen.

An seinem Lebenslauf kann man nachvollziehen, dass auch eine langweilige Schulkarriere etwas Gutes haben kann: 1965 in Hamburg geboren, wurde es Jonas in der Schule schnell langweilig, also fing er schon früh zu zeichnen an. Nach Abitur und Zivildienst folgte ein Jahr „Schafe scheren in Australien" und ein Studium in Kommunikationsdesign.

Es waren die Ruhe und die unberührte Natur (und das älteste Haus der Insel), die das Paar damals hierher zogen und bis heute hier halten. Wer hat schon einen Arbeitsplatz mit Elbblick oder kann nach Feierabend direkt in den Fluss springen? Zum Hof gehört auch das alte Backhaus, in dem

Gäste seit einiger Zeit Ferien machen können. Kunstvoll restauriert und idyllisch im Bauerngarten gelegen, lädt das Haus ganzjährig zur Erholung ein. (amikoetz@web.de)

Die kleinen, dicken Männer mit ihren Knollennasen haben es Jonas schon als Illustrator angetan, sie kommen in einigen seiner bislang über 60 Bücher vor. Als Holzfiguren stehen sie am Fenster im Haus, auf dem Deich mit Blick auf Schafe und Fluss, und immer öfter auch als Kunst im öffentlichen Raum, z.B. an Hafeneinfahrten oder Kreisverkehren. Den im Yachthafen von Wischhafen hab ich auch schon entdeckt.

Dabei nehmen sie inzwischen eine ziemliche Größe an, werden sie doch z.T. aus alten Dalben geschnitzt, und die sind immerhin acht Meter lang. Wobei der größte Teil des Dalbens als Podest für die Figur dient und im Wasser steht. Gefertigt werden diese „Riesen" mit einem simplen, aber einfach genialen Trick: Sie stecken zu zwei Dritteln im Brunnenschacht auf dem Hof, damit Jonas sie „Auge in Auge" bearbeiten kann. Wer die Knollennasen noch nicht kennen sollte, kann beim Künstler für fünf Euro nebst frankiertem (€ 1,45) Rückumschlag einen Katalog bestellen: Jonas Kötz, Schanzenstr. 24, 21706 Krautsand.

Winter an der Elbe

die elbe liegt
platt wie eis
kein luftzug und
die sonne strahlt

ein unifeeder futtert alles
zwei schlepper schleppen
einen containerriesen

all hands on deck
kein schiff in sicht

Die Prinzessin der Sylter Austern

Auch in Deutschland werden Austern gezüchtet, von einer Frau aus Hamburg-Blankenese: Bine P. heißt sie, und „Austernprinzessin" hat sie der Fernsehsender ARTE einst genannt. Das findet sie „niedlich", dabei fühlt sie sich gar nicht prinzessinnenhaft, sondern packt lieber mit an.

Schon von Anfang an liebte Bine das Meer und wollte immer schon reisen. Die Banklehre nach der Schule konnte ihr das nicht bieten, also packte sie ihre Sachen und reiste erst einmal ein Jahr nach Australien, der Koalas wegen. Nach dem BWL-Studium zog es sie erneut in die Welt, so nach Neuseeland, Brasilien und Thailand, um sich danach für neun Jahre bei einem Reiseveranstalter zu verdingen. Schon während des Studiums hatte sie damals bei der Sylter-Austern-Compagnie gejobbt, bei der sie jetzt seit acht Jahren als Vertriebsleiterin arbeitet.

So kann sie ihre Arbeit mit Reisen verbinden, ganz nach ihrem Wunsch, bei Besuchen von Kunden oder Messen weltweit. Wenn sie nicht gerade unterwegs oder für die Austern auf Sylt ist, verbringt sie ein Drittel ihrer Zeit in Hamburg.

Die Insel Sylt liebt sie schon seit Kindertagen, von vielen Ferien mit den Eltern. Und auch das Reisen wurde ihr familiär in die Wiege gelegt: Der Vater war als Händler eigentlich ständig unterwegs. So wie sie jetzt in Sachen „Sylter Royal".

So heißt das Produkt der Sylter-Austern-Compagnie, von dem sie jährlich etwa eine Million Stück verkauft, ein Drittel etwa bleiben auf der Insel. Denn bis zur Jahrhundertwende waren Sylter Austern durchaus kein Luxusgut, sondern ein vertrautes Lebensmittel, bis sie wegen Überfischung und Parasitenbefalls nahezu ausgerottet waren.

Den neu angesiedelten Austernbänken scheinen die Verhältnisse vor List auf Sylt gut zu bekommen, und nach wie vor bestimmen die Gezeiten den Arbeitsrhythmus der Austernfischer. Alle zwölf Stunden fahren sie hinaus, um die Körbe mit den Muscheln zu wenden, damit diese nicht zusammenwachsen. Das wäre tödlich für die Auster – und den Verkauf. Drei Jahre täglicher Pflege braucht die Sylter Royal. Um sie genießen zu können: Nicht schlürfen, sondern kauen, rät die Expertin.

Filosofie

wo nix ist, kommt
auch nix hin

wo schon was ist,
kommt noch mehr

wo schon alles ist,
ist alles mist

Von der Rebellin zur Bürgermeisterin?

Nach 23 Jahren Amtszeit braucht Westerland auf Sylt eine/n neue/n Bürgermeister/in. Die Vorgängerin im Amt, Petra Reiber, tritt nicht mehr an. Dafür stellen sich jetzt fünf Männer zur Wahl, und erneut eine Frau: Gabriele P., ehemals Landrätin von Fürth, und als „Rebellin der CSU" in der Presse bekannt geworden. Edmund Stoiber dürfte sie noch nicht vergessen haben!

Die Bikerin und ehemalige Kandidatin der „Freien Wähler" rechnet sich, auch als Nicht-Sylterin, sogar einige Chancen aus: „Wenn es im ersten Wahlgang keiner der Kandidaten schafft, wird es zu einer Stichwahl kommen. Wenn ich da dabei bin, kann ich sogar gewinnen."

Immerhin hat die heute 57-Jährige über 18 Jahre ein Landratsamt geführt, das muss ihr erst mal jemand nach- bzw. vormachen. Und auch als Sylt-Fremdling ist sie nicht allein, nur ein Sylter tritt zur Kandidatur an. Seit 13 Jahren verbringt Gabriele regelmäßig ihre Urlaube auf der Insel und hat seit einem halben Jahr ihren festen Wohnsitz hier.

Seitdem weiß sie auch, wie schwer es Insulanern fällt, auf ihrer Insel zu bleiben, weil sie die Mieten nicht mehr bezahlen können. Die will sie bei ihrer Wahl mit staatlich geförderten Mieten unterstützen. „Mehr als 1.000 Sylter verlassen jedes Jahr die Insel, das muss endlich aufhören!" Und das geht nur, wenn man der Spekulation und dem Ausverkauf der Insel ein Ende bereitet. Starke Worte von der einstigen Rebellin – ob sie ihr zur Wahl verhelfen, wird man evtl. schon am 14. Dezember 2014 sehen.

Auch wenn sie die Wahl nicht gewinnt, will sie auf jeden Fall bleiben. Sie findet die Insel einfach „wunderschön, der Leute und des Klimas wegen". Noch eine Bayerin, die sich in den Norden verliebt hat.

***

Nun hat es die Kandidatin doch nicht zur Bürgermeisterin geschafft, der SPD-Kandidat hat ihr glatt die Schau gestohlen bei der Nachwahl im Januar. Ob sie es noch einmal versucht?

Meer erleben

wo die wellen an
den strand klatschen
haben sie das land
dem meer abgetrotzt

spazieren am
sommerdeich im
winterwind
trutz blanker hans

fährmann hol över
das eis friert
an der reling
die biker wärmen

sich die hände
an zigaretten
ich sitze im warmen
auto & wäre jetzt
gern im süden

Künstler mitten im Fluss

Claus H., Galionsfiguren, meldet er sich am Telefon, um einen neuen Termin mit mir abzustimmen. Er und seine Frau Birgit wohnen auf der Weserinsel Harriersand und sie sind die Einzigen, die sich noch auf das Schnitzen und Bemalen von Schiffsfiguren verstehen.

Dabei war Claus dieser Beruf nicht in die Wiege gelegt, oder vielleicht doch: Als Kind einer Kapitänsfamilie studierte er zunächst Biologie, dann Medizin, um Arzt zu werden. Mit dem Kunsthandwerk finanzierte er sein Studium, aus dem Hobby wurde später sein Beruf: Schiffsbildhauer. Seit 1994 in der eigenen Werkstatt auf der Weserinsel.

Die große Zeit der Galionsfiguren begann im 17. Jahrhundert und ging bis zum Ende der Segelschiff-Ära. Der Begriff kommt vom spanischen Wort für „Balkon" (*galion*), und sollte das Schiff auf Kurs halten und vor Unglück bewahren. Oft waren Nixen und Meerjungfrauen Vorbilder der Figuren, die ebenso häufig einen Bezug zum Namen des Schiffes hatten. (wikipedia)

Eine sehenswerte und ziemlich umfangreiche Sammlung alter Galionsfiguren findet sich im Altonaer Museum in Hamburg sowie im Schifffahrtsmuseum in Bremerhaven.
Wir treffen uns an einem nebligen Novembertag in

seinem Haus in der Weser. Ein Paradies für Künstler und ihre Kinder mit Streuobstwiese, Sauna im Bauwagen und eigenem Badestrand.

Der Weg auf die Insel ist (eigentlich) einfach zu finden – wenn man (wie ich) ihn nicht zum ersten Mal fährt! Auf der Insel finde ich das Haus dafür umso leichter, denn die Höfe sind einfach durchnummeriert. Nach Haus Nummer 5 kommt logisch Haus Nummer 6, und alle liegen aufgereiht an der einzigen Straße um die Insel.

Ich komme zur rechten Zeit, weil ich auf dem Rückweg gleich Kurier für zwei Galionsfiguren spielen darf. Die „Grünen Jungs" sind als Preise für die besten Grünkohl-Gerichte des Jahres von der Hamburger Fleischer-Innung ausgelobt und von Claus geschnitzt. Seit Abschaffung des Buß- und Bettags 1995 veranstaltet die Innung nun schon zum vierten Mal den „Fleischer-Oskar", mit dem das kreativste Grünkohl-Gericht der Saison prämiert wird.

Claus begrüßt mich auf dem Hof, er hat noch etwas an der Pumpe zu tun. An einem Haus von 1851 gibt es immer etwas zu tun, auch ohne Sturmflut. 1934 wurde das frühere Bauernhaus um- und ausgebaut, es war bis zur großen Flut von 1962 noch bewirtschaftet. Ab 1967 übernahmen seine Eltern den Hof als Ferienhaus. Im Sommer, an den Wochenenden und zu Weihnachten wurde hier so manches Fest gefeiert.

Der inzwischen erwachsene Sohn ist hier aufgewachsen, lebt jetzt zentraler in Hamburg und arbeitet bei der Filmproduktion von Fatih Akin. Die Insel war ihm auf Dauer wohl doch zu abgelegen. Die gemeinsamen Kinder von Birgit und Claus (8 und 14) fühlen sich in der Idylle noch sichtlich wohl.

In der Werkstatt liegt eine übergroße Skulptur, an der Claus gerade arbeitet. Davor hat er die beiden „Grünen Jungs" aus Bronze fertiggestellt, die Auftragsarbeit für die Fleischer-Innung. Den Bronzeguss ließ Claus bei einem Gießer in Worpswede herstellen. Davor waren es Galionsfiguren für die „Gorch Fock", „Sea Cloud", „Mare Frisium" und die „Alexander von Humboldt".

Aus der Anfrage von Greenpeace, auch die neue „Rainbow Warrior" mit einer solchen Figur zu verzieren, wurde leider nichts. Vielleicht fand Greenpeace am Ende doch, dass für ein so modernes Schiff keine traditionelle Bugzierde passt.

Mit den Jahren können beide von ihren Figuren und Bildern ganz gut leben, zumal sie sich in ihrem Haushalt alles teilen. Als es uns in der Werkstatt zu kalt wird, ziehen wir uns in die „Gute Stube" zurück. Beim Setzen fällt mir die Geschichte von Wolfgang Sieg über die Gute Stube ein, die nur der Kaiser – und der „Führer" – betreten durften.

Die Stube hier im Haus liegt nicht viel höher als der Weserspiegel, darum wurde das Haus nach der letzten großen Flut mit einem Wall umgeben. Trotzdem stand hier das Wasser damals einen Meter hoch im Raum, sodass die Familie seitdem das Leben ins Obergeschoss verlegt hat. Und darum hängen hier auch selbstgemalte Fliesen, die sind gut fürs Auge und gut gegen das Wasser.

Bis 1981 hat Claus die „Friesische Fliesenmanufaktur" betrieben und in sämtlichen Kneipen der Gegend seine selbstbemalten Fliesen angeboten. Aber nicht wie sauer Bier, die gingen weg wie warme Semmeln.

Unlängst mussten auf dem Grundstück zwei Pappeln gefällt werden, das Holz war bestens für die Figuren zu gebrauchen. Wenn gerade kein Windbruch droht, wird meist aus Ulme oder Weide geschnitzt.

Claus bezeichnet sich selbst als „Landratte", ein kleines Boot haben sie dennoch. Und Angebote zum Mitsegeln auf den Jachten, für die sie Figuren gefertigt haben. Zum Teil aus der Not geboren, „carry statt cash", Mitsegeln statt Bezahlung. Haben die beiden bisher aber nie in Anspruch genommen, kommt (die) Zeit, kommt vielleicht auch das. Aber einen Lieblingsplatz gibt es heute schon, auch erst für später: Cavallino an der Adria (nordöstlich von Venedig). Ob sie dann Figuren aus Olivenbäumen machen?

Hering in öl

RWE DEA wollen
mehr bohrinseln
in der deutschen
bucht

dann gibt es
hering in öl
für alle

Münchnerin auf der Hallig

Sie hat den Motorradsitz mit der Friesenbank getauscht und den Biergartentisch mit dem Blick auf die Nordsee. Sie liebt diesen Blick, die Luft und die Menschen auf „ihrer Hallig".

Katja J. kommt eigentlich aus München, hat dort ziemlich lang und ziemlich sicher bei einer Fluggesellschaft gearbeitet, und leitet heute das Gästehaus „Am Landesende" auf der Ockenswarft auf der Hallig Hooge.

Ihr damaliger Freund hat ihr bei ihrer Entscheidung „geholfen": denn der wollte nicht mit auf die Insel, weil er hier keine Motorradtouren in die Berge unternehmen konnte. In Wahrheit hatte er längst eine Andere. Das war vor 13 Jahren, seitdem ist Katja die Chefin von zwei Wohnungen im Haus „Am Landsende", die fast ganzjährig ausgebucht sind.

Nach einem Praktikum im Hotel und der Fachschule für Hauswirtschaft übernahm sie vor zehn Jahren das Haus von ihren Eltern. Zum Haus gehört auch ein großer Bauerngarten, den Katja mit viel Lust und Liebe an der Gartenarbeit pflegt, weil sie so die Stille genießen kann. Auch das trägt zur Entschleunigung bei, und das kann man auf einer Hallig besonders gut!

„Runterfahren und genießen, die Stille, die niemals lautlos ist, aber immer wieder beruhigend – und wunderschön! "

Bei Sturm geht es allerdings weniger ruhig auf der Hallig zu: „Dafür haben wir zum Glück ein gut funktionierendes Frühwarnsystem. Jede Warft hat eine/n Sprecher/in, die direkt vom Bürgermeister oder der Gemeinde über extreme Wetterlagen informiert werden. Diese Meldungen werden an die Warftbewohner weitergegeben, so bekommen wir gleichzeitig einen Überblick, wer zur Zeit von den Nachbarn auf der Hallig ist."

Wenn es eine Warnung wie beim Sturmtief „Xaver" gibt, werden Sandsäcke auf den Warften verteilt, die man je nach Lage des Hauses vor Türen und Fenstern stapelt. Wer Schotten für Fenster und Türen hat, verschließt sie jetzt, denn diese Schutztüren sind „Gold wert!"

„Das Sturmtief Christian war extrem, weil es mit enormer Geschwindigkeit über die Hallig tobte. Ich wusste oft nicht, bei welchem Fenster ich zuerst nachschauen sollte. Angst machte mir eine Palette, die vom Nachbarhaus auf meins zu trieb. Doch es krachte nur laut, als sie an meinem Fenster zum Halten kam. Zum Glück nicht mit der Spitze voran, sonst wäre einiges zu Bruch gegangen! Da wurde mir für einen Moment etwas mulmig. "

„Xaver" war anstrengender als „Christian", weil drei Extreme zusammen trafen: extremer Wasserstand, enorme Windgeschwindigkeiten und beides über eine so lange Zeit. Und das noch mitten in der Nacht!

„Doch wir hatten noch Glück, denn beide Stürme haben auf Hooge weniger Schäden hinterlassen als auf dem Festland. Aber es hätten keine 20 Zentimeter mehr Wasser sein dürfen, denn dem hätten nicht alle Warften mehr standgehalten!

Im Winter, wenn „Land unter" vorhergesagt wird oder wir mit dem Zufrieren der Fahrrinne zum Festland rechnen müssen, sorgt jeder für genügend Vorräte im Haus. Unsere Kauffrau ist inzwischen sehr geübt darin, rechtzeitig alles Nötige auf die Hallig zu schaffen. Sie weiß schließlich, dass wir alle noch mal zum Einkaufen kommen, wenn Orkan oder Eisgang angesagt sind. Und manchmal kommen noch Gäste dazu, die sich auch einen Vorrat anlegen wollen.

Vorausplanung ist in solchen Fällen die „halbe Miete", gerade wenn man Gäste im Haus hat! Nicht alle Halligleute vermieten im Winter, dann ist das Angebot eingeschränkt. Aber die Gäste, die jetzt kommen, brauchen meist nicht viel, sie wollen die Ruhe und Natur zu dieser Zeit genießen, Abschalten und Auftanken ist die Devise. Ein Deichspaziergang pustet die Seele durch!

Seit Jahren kommen Stammgäste im Winter, die zu keiner anderen Jahreszeit hier sein wollen. Abgesehen vom kalten Ostwind mag auch ich den Winter hier. Es ist zwar anstrengend, die Einfahrt vom Schnee zu befreien, darum bin ich nicht allzu traurig, wenn der Schnee auf sich warten lässt!

Am meisten mag ich die Monate April und Oktober, weil sich da so Vieles auf den Wiesen und in der Luft tut. Im Frühjahr kommen die Farben und die Sonne gewinnt wieder an Kraft. Im Herbst färbt sich die Hallig dunkelrot und man kann noch die letzte Sonne genießen."

Anfang des Jahres kommen die Vögel zurück in ihre Brut- und Rastgebiete und sammeln sich am Ende des Jahres an den gleichen Plätzen, um zurück in den Süden zu fliegen.
„Das sind einfach sagenhafte Momente, die ich mit einem Milchkaffee vor meinem Haus in der endlosen Weite genieße. Bis vor zwei Jahren noch mit meinem Hund „Chico" neben mir, der auch seinen Blick über Hallig, Meer und den Horizont schweifen ließ. Dann ist alles gut, das ist mein absoluter Lieblingsplatz!

Warum Hooge Königin der Halligen genannt wird, weiß ich nicht, das hat wohl ein Gast irgendwann erfunden. Wer sich hier so wohl fühlt (wie ich), der findet sich eben auf der schönsten Hallig. Doch jede Hallig ist anders schön, und das ist auch gut so! Jede ist auf ihre Art einzigartig und vollkommen, darum könnte jede eine Königin sein!

Bei Notfällen im Winter kann zwar ein Rettungskreuzer oder Hubschrauber gerufen werden, wenn das Wetter es zulässt. Für alle andern Fälle haben wir einen gut ausgebildeten Krankenpfleger auf der Hallig.
Bei eingeschränktem Fährverkehr im Winter würde ein Arztbesuch enorme Zeit und Kosten verursachen. Darum kämpfen wir seit Langem dafür, die medizinische Versorgung auf den Halligen zu verbessern. Mit Krankenpflegern und freiwilliger Feuerwehr sind wir dazu auf dem richtigen Weg!"

nordsee ist mordsee

ohne deiche
käme jeden tag
das meer zum
frühstück und
abendbrot

dann gäbe es
jeden tag
fische satt &
nasse füße

Der Bernsteinfischer von Rügen

Ich kannte ihn nur aus dem Fernsehen. Aber das sollte sich bei meinem nächsten Aufenthalt auf der Insel Rügen bald ändern.

Wenn Finbar C. aus Binz auf Rügen mit seinem Käscher an die Ostsee geht, dann wissen alle im Ort: Es ist wieder Bernsteinwetter! Und wenn er den Strand entlang läuft, hat er oft andere „Schatzsucher" auf seiner Fährte. Der Ire aus England ist der Bernsteinfischer von Rügen und bekannt seit der TV-Sendung im September 2013.

Wer selbst einen Bernstein gefunden haben sollte, kann ihn sich im Laden an der Paulstraße in Binz schleifen und einfassen lassen. Tipps für die Suche gibt es gratis von Finbar und seiner Frau Yvonne, die zusammen den kleinen Laden betreiben, und wegen der er einst die grüne Insel verließ.

Die beste Zeit für die Suche nach dem „Gold der Ostsee" sind Herbst und Winter, „wenn die See Wellen schlägt und der Wind den Sand vor sich her treibt" – dann ist Bernstein-Wetter. Aber erst nach mehreren Tagen auflandigen Winds und nur „dort, wo Holz, Muscheln und Seetang angeschwemmt werden". Dann hat der Schatzsucher die beste Chance, die gelben Steine aus Harz zu finden.

Wenn Bernstein-Wetter ist, bekommt der Bern-
stein-Fischer das Bernstein-Fieber und muss an
den Strand – bevor es andere tun. Seine Frau
lockte ihn einst auf die Insel, aber das Ostsee-
Gold hielt ihn hier. Denn bei richtigen Winden
macht er meist fette Beute!

Dabei verschluckt Finbar auch schon mal einen
Bernstein und nimmt ihn zur „Zwischenlagerung"
in den Mund. „Aber sie kommen immer wieder
raus", beruhigt er mich. Denn statt Bernstein
trinkt er lieber Tee, im Winter mit Whiskey,
„wegen der Heizung", wie er sagt. „Aber selbst
Bernstein kann man trinken, wenn man ihn mit
Wodka ansetzt, dann verflüssigt sich Bernstein",
so Finbar.

Seinen Sprachmix nennt Finbar selbst „Denglish",
weil ihn so viele Deutsche Gäste auf Englisch an-
sprechen oder antworten. Das scheint er von
einer amerikanischen Kabarettistin gelernt zu haben oder findet es einfach „easy". Mit den Steinen
fing er in den 1990er Jahren an, als er als
Bauarbeiter Trockenmauern baute und seine Frau
kennenlernte. Seitdem lebt er hier und betreibt
den Bernsteinladen.

Auf seine Schatzsuche nimmt er keine Begleitung
mit, „weil Schatzsucher eben allein ihren Schatz
finden müssen". Aber den hat er doch längst
gefunden, hat sein Hobby zum Beruf gemacht,

und auf Rügen seine neue Heimat gefunden! Und der Lieblingsplatz ist da am Strand, wo es etwas zu finden gibt.

Steine am weg

steine, die am weg
liegen, schauen
irgendwie
einsam aus

steine, die man
ins meer wirft,
haben ihren
weg gefunden

Ausverkauf (noch) einer Insel

Rügen will ein zweites Sylt werden, zur Freude der Immobilienbranche und auf Kosten der meisten Insulaner. Denn schon heute kostet ein Appartment am Meer (in der ersten Reihe) ab 10.000 Euro pro Quadratmeter.

Rund eine Million Urlauber kommen im Jahr nach Rügen, denen stehen 70.000 Insulaner gegenüber. Die Touristen bringen reichlich Geld auf die Insel, eigentlich sollte es den Menschen auf Rügen gut gehen. Doch das ist bei weitem nicht so!

Die im Sommer die Urlauber bedienen, können sich Meerblick und Strandlage für ihre Wohnung nicht leisten, sie wohnen zumeist im Hinterland. Im Herbst und Winter steigt die Arbeitslosigkeit auf Rügen auf knapp 20 Prozent. Weil sie entlassen werden, wenn die Touristen die Insel verlassen. Und auch die Mitarbeiter/innen des Arbeitsamtes wechseln ständig, sodass auch das Arbeitslosengeld nur schleppend und verspätet gezahlt wird.

Das Jobcenter in Bergen kennen viele der Insulaner mehr als gut, nur ihr Gegenüber ist meist schon wieder jemand anderer. Etwa 25.000 leben im Winter von Hartz IV oder müssen „aufstocken". Von seiner Arbeit im Fremdenverkehr kann auf Rügen so gut wie keiner leben. Armut gehört auf

Rügen zum Alltag wie der Billiglohn in der Gastronomie.

Dabei lebten die Einwohner von Binz früher ganz gut von ihren Gästen, um die Jahrhundertwende wurden die ersten Strandvillen gebaut. Heute gehören diese Villen reichen Investoren aus dem Westen, die nach der „Wende" ihren Besitz zurückforderten und teuer weiterverkauften. Oftmals war das Grundstück am Meer wertvoller als die alte Villa darauf.

Die Spekulation trieb immer weitere Blüten, das Seebad Binz wurde zur Gelddruck-Maschine. Mit der Folge, dass Immobilien immer teurer werden. Unter 8.000 Euro pro Quadratmeter luxussanierter Wohnfläche geht hier gar nichts, nach oben sind kaum Grenzen gesetzt. Selbst in der zweiten Reihe (also ohne Meerblick) sind noch 5.000 Euro fällig, und werden gezahlt!

Die meisten dieser Villen und Appartments sind Zweitwohnungen reicher Hamburger und Berliner, die nur zeitweise auf der Insel sind. Das wiederum führt dazu, dass Rügen allmählich entvölkert wird. Keine Arbeit, kein bezahlbarer Wohnraum, nur für Makler ein Dorado!

Das Ostseebad Binz ist fast schon ein zweites Sylt, mit der gleichen Folge, dass immer mehr Insulaner die Insel verlassen (müssen). Das Pikante und Perverse daran: Rügen ist der Wahlkreis der Kanzlerin, die anscheinend wenig Störendes an dieser Entwicklung findet.

Sie möchte lieber erlesenen Staatsgästen eine Insel vorführen, die es so (bald) nicht mehr gibt: saubere Strände, blitzblanke Fassaden. Aber im Kern hohl und leer.

Denn die Insel stirbt aus, weil es Arbeit nur im Tourismus gibt. Außerhalb der Saison ist Rügen jetzt schon tot, im Winter haben nicht einmal die Hälfte der Geschäfte und Lokale geöffnet. Dazu passt mein Quartier in der Nähe von Bergen, wo das Zimmer so kalt war, dass ich nach einer Nacht wieder abgereist bin, weil ich mich nicht total erkälten wollte.

Selbst der Shanty-Chor von Bergen stirbt allmählich aus, weil sie keinen Nachwuchs finden: Wer hier mit Sechzig noch einsteigt, ist „jung". Das mag an der Musik liegen, doch wohl eher daran, dass man in der Gastronomie im Sommer keine Zeit für eine Feierabendbeschäftigung hat, und im Winter kein Geld für die (weite) Anreise. Na denn, „Gute Nacht, Frau Merkel"!

Das Fräulein stand am Meere

Das Fräulein stand am Meere
und seufzte lang und bang
es rührte sie so sehre
der Sonnenuntergang

Ach, Fräulein, sein sie munter
das ist ein alter Trick:
da vorne geht sie unter
und kommt von hinten zurück.

(Heinrich Heine,
Buch der Lieder, 1828)

Frohnatur im Paradies mit Seeblick

Manchmal gehört ziemlich viel Pech dazu, etwas Glück zu haben! Wenn es nicht seit vier Tagen ununterbrochen regnen würde (!), hätte ich diesen Platz am See nie gefunden, und so viel verpasst. Dann wäre ich noch drei Stunden weiter durch den Regen gefahren und jetzt schon in Hamburg, während mich hier in *Blommenslyst* (Blumenlust) eine wahre Frohnatur erwartet.

Der kleine, gemütliche Campingplatz liegt mitten auf der Märcheninsel Fünen an einem „Zaubersee" und wird von der Betreiberin Angelika liebevoll und zu Recht ihr „kleines Paradies" genannt. Auf ihren Stellplätzen für Zelte und Wohnwagen und in ihren Hütten bietet sie ihren Gästen ein nettes Miteinander und eine schöne Zeit.

Dies Paradies liegt (wie meist) nur etwas abseits der Straße und ist jeden Umweg wert! Dabei ist es nur acht Kilometer von *Odense* entfernt, und damit idealer Startpunkt für eine Erkundung der Stadt *H. C. Andersens*. Der Camping ist ganzjährig geöffnet, und die Rezeption (in der Saison) von acht bis zehn Uhr abends erreichbar. Neben ausführlichen Infos gibt es leckeres Odense-Bier und Weißwein vom Rhein (beides gut gekühlt!).

Denn Angelika kommt ursprünglich vom Rhein und hat ihre „rheinische Frohnatur" sowie den

Wein vom Rhein mitgebracht. Ob sie hier auch Karneval feiert, muss ich sie beim nächsten Besuch fragen, denn den habe ich schon jetzt im Gepäck: Im Herbst schon könnte ich eine der Hütten testen, und dabei Odense erkunden. Für 35 Euro pro Nacht (mit Heizung) – in Dänemark ein Schnäppchen!

Nach 14 Tagen Englisch und dänisch-schwedischem Kauderwelsch während meiner Tour bin ich froh, endlich wieder auf Deutsch begrüßt zu werden. Das ist fast, wie schon wieder zu Hause zu sein. Bei der Anmeldung malt Angelika fast unentwegt Blumen und eine Sonne auf die Rückseite meiner Rechnung. Das ist nicht nur sympathisch, sondern in höchstem Maße künstlerisch. Wo bekommt man schon eine bemalte Rechnung, beim nächsten Mal sollte ich sie mir signieren lassen!

Dass der Campingplatz nicht erst seit heute existiert, sieht man auf den ersten Blick, aber genau das macht ihn so liebenswert! Der ADAC würde dafür sicher keine Punkte vergeben, aber wer ist schon der ADAC? Angelika lacht sich schlapp, als ich von meinem gestrigen Aufenthalt in *Möns Klint* erzähle mit der Extra Fön-Kabine.

Sowas gibt es in Blommenslyst nicht, dafür eine Küche nach Astrid Lindgren in „Villa Kunterbunt"-Manier. Ich glaube, Pippi würde sich hier so wohl

fühlen wie ich! Dafür kriege ich als Schlummer-
trunk noch einen Riesling mit auf den Weg und die
entschuldigende Versicherung, dass es normaler-
weise auch Rotwein gibt. Auch das Paradies ist
eben kein Wunschkonzert!

Drei Glasen

ein glas auf den deich
und eins auf die see

ein glas auf die kuh
und eins auf die see

ein glas auf uns
und eins auf die see

Haus der Kunst auf Moen

Ich stehe auf dem Marktplatz der Hauptstadt Stege auf der Ostseeinsel Moen. Heute ist der Jahrestag der Verfassung in Dänemark und so sind die meisten Geschäfte geschlossen. Bis auf die Bäcker, die großen Supermärkte und eine Galerie.

Deren Plakat fällt mir beim Frühstück auf dem Markt nachhaltig ins Auge: *Liza´s Gallery* mit ihren augenfälligen Tatsachen. Früchte in jeder Form und Aktbilder ziehen mich in Lizas Bann. Die Galerie in der *Farverstraede 6* liegt versteckt in einem Hinterhof in einem alten Farmhaus mit (ehemaligem) Stall, der heute (auch) als Galerie genutzt wird. Der Clou vor dem und um das Haus ist der Garten mit verstreuten Sitzgruppen überall. Der allein ist schon ein Kunstwerk und einen Besuch wert!

Ihre Galerie auf Moen haben Liza K. und Rupert S. hier im Jahr 2007 eröffnet. Davor haben sie vier Jahre auf der griechischen Insel *Leros* gelebt, gemalt und eine Galerie betrieben. Denn beide lieben Inseln und das Licht, jetzt eben auf Moen.

In ihrer Galerie stellen sie eigene Werke sowie die von Kollegen aus aller Welt aus. Beide sind weit gereist und bringen Bilder u.a. aus Lissabon und Kuba mit. Hier waren beide 2013 während einer längeren Reise und lernten den kubanischen Maler *Francisco G. Arrondo* kennen, der im Juni 2014 bei ihnen seine Werke zeigte. Lizas immerwährende Vorliebe gilt Früchten und Pflanzen, während Rupert seine Aufmerksamkeit in seinen Bildern der Architektur und der Figur seiner Frau widmet.

Die Liebe zu ihrer neuen Wahlheimat Moen merkt man der Gestaltung ihres Künstlerdomizils an: Das alte Haus wurde liebevoll restauriert, nichts scheint hier dem Zufall überlassen, selbst die Toilette ist ein Kunstwerk!

Gemalt haben beide auf Moen noch längst nicht alles, dafür ist selbst diese kleine Insel zu groß. Ihr Lieblingsplatz, nicht nur zum Malen, ist natürlich auf den Klippen, die sie schon in einigen Bildern verewigt haben. „Denn das Licht und die Farben sind hier jeden Tag anders".

Im Jahr 2014 stellten aus:
Effie Bezato (Griechenland):"Metamorphose"
(Juli/August)
Peter Thornborough (Australien) & Liza Krügermeier (Dänemark): „1 Bloomsbury Reise"
(bis 25.Sept.)
Rupert Sutton (England): „Impressionen aus Lissabon" (Okt. bis 20.Nov.)
Gruppen-Ausstellung: „The Affordable Art Adventure" (Nov.-23.12.14)
In der Galerie gibt es neben Drucken und Karten auch selbst entworfene Textilien zu kaufen. Und auf Wunsch einen Kaffee oder Tee im Garten!

An manchen tagen

an manchen tagen
möchte ich eine
robbe sein: jeden
tag fische satt

und wenn ich
die welt nicht
mehr ertrage

einfach
abtauchen

Der Inselgitarrist vom Kiez

Sie stehen *mit einem Bein noch in der Elbe, mit dem andern schon im Meer.* Da hilft nur *ein Glas auf uns, und eins auf die See.* Sie sind *an Land* gekommen zur „Rettung des maritimen Liedguts". Und retten damit auch uns, bevor jeder Shanty-chor klingt wie *Santiano. Hafennacht e.V.* sind Uschi Wittich (voc.), Heiko Quistorf (akk.) und Erk Braren, der mit der „Inselgitarre".

Hafennacht spielen Lieder vom Meer, weil sie die See lieben und die See sie liebt. Sie sind Sammler musikalischen Strandguts, das ihnen gefällt. Von *La Paloma* bis *dahinten, wo der Leuchtturm steht,* und das noch *nachts um halb eins auf der Reeperbahn.* Dabei kommt (nicht nur beim Zu-hören!) Freude auf, aber *beim ersten Mal da tut´s noch weh.*

Erk B. wohnt mit seiner Familie (Frau und Sohn) mitten im Kiez in einem früheren Pferdestall, der später als Hinterhof-Werkstatt genutzt wurde. Erst wurden hier Pferde beschlagen, dann Autos repa-riert. Erk hat die Hinterhof-Werkstatt erst selber für seine Tischlerei genutzt und dabei in mühe- und liebevoller Kleinarbeit eine Wohnung aufs Dach gesetzt. Bis vor einigen Jahren hat Erk hier noch Schalldämmung für Tonstudios erstellt, bis ihn die Arbeit mit der Mineralwolle und der Staub krank machten. Aus dem Inselgitarristen wurde das, was er am besten kann: Musiker in diversen Bands.

Angefangen hat alles mit 13 Jahren bei seinem ersten Auftritt (natürlich auf Föhr), da fehlte in der Band noch ein Rhythmus-Gitarrist. Die beiden anderen wollten lieber ihre Soli spielen, und er selbst hat die Gitarre quasi beim Begleiten gelernt.

Es folgten die Lehre zum Tischler (eigentlich wollte Erk Gitarrenbauer werden) und der Zivildienst in einem Heim für Behinderte auf Föhr. Danach Arbeit in einem Antiquitätenladen als Restaurator in Hamburg und auf Sylt. 1981 zog Erk nach Hamburg, um hier zunächst als Tischler zu arbeiten.

Die Gruppe „Hafennacht" gibt es seit 2006, davor waren Erk und Uschi Wittich schon in der Gruppe „Schade um das schöne Geld" mit Jürgen Isenbart (Ex-"Ougenweide") zusammen. Zudem spielt Erk jetzt noch in einer Polka-Band mit.

„Hafennacht" hat mittlerweile die vierte CD auf dem Markt. Nach „Lieder vom Wasser" und „Meer Lieder" sowie „Auf Kurs" kommt nun die neue „Tresenkönigin", das passt zu Hamburg und zum Kiez. Immerhin heißt der erste Song „Fischmarkt" („Im ersten Sonnenlicht am Sonntag...")

Wie die meisten Insulaner hat auch Erk die Bindung an Föhr nie verloren und ist mit der Familie mindestens zehn Mal im Jahr auf der Insel. Die Auftritte mit Hafennacht nicht mitgezählt, zuletzt bei den Hafentagen in Wyk.

Auch dem Sohn Finn hat er die Liebe zur Insel schon vererbt, der will auf Föhr eine Lehre machen. Und Erk selbst schließt für sich nicht aus, seinen Lebensabend auf der Insel zu verbringen. Dann kann er sich heute schon vorstellen, an seinem Lieblingsplatz in Wyk am Hafen auf einer Bank aufs Meer zu blicken. Oder mit Kapitänen über ihre großen Fahrten über die Weltmeere zu sinnieren.

Denn bis heute sind unter den Föhrer Männern viele bekannte Kapitäne und ehemals Walfänger zu finden. Auch Erk konnte schon Seeluft schnuppern, als er auf einem Frachter am Äquator Rost klopfen durfte.

Zum Abschluss führt mich der Inselgitarrist noch in seine Werkstatt und das Studio im Untergeschoss des ehemaligen Pferdestalls. Beide sehen so aus, als wären die Arbeiter und Musiker nur mal eben zur Pause nach draußen gegangen. In spätestens einer halben Stunde wird das Studio voller Musik sein, weil die Band für drei Auftritte proben will, die sie am nächsten Tag in Hamburg haben wird. Volles Programm für „Hafennacht" bei der „Nacht der Theater", u.a. auf der „Cap San Diego". Na denn ahoi, und allzeit mehr Wasser unter als über dem Kiel!

Meer erleben

wo die wellen an den strand klatschen
haben sie das land dem meer abgetrotzt

spazieren am sommerdeich im
winterwind trutz blanker hans

komm fährmann hol över
das eis friert an der reling

die biker wärmen sich
die hände an zigaretten

ich sitze im warmen auto und
wäre so gern mit dir im süden

Friedhof der Jungvögel oder Küste gegen Plastik

„Sieh mal, wie die Möwen nach Abfall gieren...", singt Sven Regener im Song „Elbe 1" von „Element of Crime". Heute brauchen die Möwen in der Nordsee nicht mehr weit zu fliegen, sie kriegen den Müll quasi frei Küste geliefert: Netze, Plastikflaschen, Spraydosen – alles was nach seiner „Entsorgung" noch schwimmt, sammelt sich an den Stränden der Küstenländer. Besonders betroffen davon sind die Halligen und Inseln in der Nordsee, sie dienen nicht mehr nur als Wellen-, sondern auch als Müllbrecher.

Viele der hier brütenden Seevögel nutzen das neue Material zweckentfremdet als Nistmaterial, was wiederum für ihre Nachbarn zur tödlichen Falle werden kann: Was Basstölpel zum Nestbau verwenden, kann für die jungen Trottellummen zur Falle werden, in der sie qualvoll verenden. „Friedhof der Jungvögel" werden die Felsen von Helgoland darum auch von manchen Touristen bereits genannt.

Dem wollen die Helgoländer nicht mehr tatenlos zusehen, denn allein auf ihrer Insel wandern jährlich mehr als eine Million Plastiktüten über den Ladentisch. Über den Daumen nimmt jede/r Besucher/in eine mit an Bord, wenn er /sie die Insel wieder verlässt. Wie viele davon bereits auf dem

Schiff über Bord gehen, quasi als „Pfand" für die Insel, ist unklar. Damit soll im nächsten Jahr wenigstens für einen Monat (halbherziger) Schluss sein. PET- oder Nylon-Tüten sollen immerhin eine bessere Ökobilanz aufweisen, weil sie sich schneller auflösen.

Doch die weitaus schlimmeren Folgen entstehen durch Plastik-Pellets, aus denen wiederum Plastik-Erzeugnisse hergestellt werden. Sie schwimmen zu Tausenden auf dem Wasser, werden mit der Flut an die Futterplätze der Brutvögel angeschwemmt oder im Wasser von Fischen für Futter gehalten. Sie landen dann im Nahrungskreis der Vögel – und von uns!

Auf der Hallig Hooge hat sich dagegen der Verein „Küste gegen Plastik" gegründet, der auf seiner Jimdo-Seite mit eindrucksvollen bzw. schockierenden Fotos Werbung für den Schutz der Küste vor Plastikmüll macht. Man/frau kann dem Verein auch beitreten, wenn man nicht an der Küste wohnt.
Kontakt: Ockenswarft 4, 25859 Hallig Hooge.

Werfen wir unseren Seevögeln kein Plastik vor die Schnäbel, und den Fischen keine Pellets vor die Kiemen!

Weg nach süden

ende september
die zugvögel sind
längst auf dem
weg nach süden

ich sitze an
der elbe und
frage mich,
wohin mein weg
mich führen wird

Der Turm hat den Blues

Denn der (Leucht-)Turm von Gollwitz auf der Ost-seeinsel Poel darf nicht mehr – Musik hören und seine Gäste Musik hören lassen. Von 2004 bis 2011 war „Blues am Turm" Synonym für Open-Air-Musik am idyllischen Strand von Gollwitz.
Doch dann traten Neider oder gestörte anonyme Nachbarn auf den Plan und verhinderten zunächst den Musikbetrieb, später auch den Verzehr auf der kleinen Waldbühne. Der Blues am Turm bekam jetzt selber den Blues. Aber (hoffentlich) noch nicht das Aus!

2010 schrieb ich in meinem Buch „Von Bäumen, Burgen und Barden" folgendes Kapitel: Auf der Waldbühne in Gollwitz am Leuchtturm treten von Mai bis September an jedem Wochenende Blues-Musiker aus Mecklenburg und dem Umland an, das weiß sogar die „Brigitte" zu berichten.

Bei meinen Besuch machen die „Spielgefährten" aus Quedlinburg den Anfang, sie spielen saube-ren, von Hand gemachten Rock, aber mit Blues hat das für meine „Wessi-Ohren" wenig zu tun. Und die sächsische Mundart scheint mir mit der englischen Sprache nicht wirklich kompatibel!

Die Musiker am nächsten Tag haben den Blues auch nicht erfunden, kommen sie doch aus Liver-pool, aber die Show ist wirklich super. Albie Donnelly am Sax und sein Gitarrist spielen aus dem Publikum alle an die Wand, die nicht rechtzeitig auf den Bäumen sind!

Vor der Bühne mit dem Turm ist die Steilküste, darum hat der Leuchtturm auch nur zwei Etagen. Nur ein paar Meter vor (oder hinter) der Bühne geht eine Treppe an die Steilküste mit Naturstrand und umgestürzten, abgestorbenen Bäumen. Auch ohne Kreidefelsen sieht es hier ein wenig wie auf Rügen aus.

Poel gilt noch heute als „südlichste Insel Schwedens", weil sie von 1648 bis 1905 (!) zu Schweden gehörte, heute noch sichtbar am Schwedenspeicher in Kirchdorf.

Für den Turm gab es nach der anonymen Anzeige erst behördliche Auflagen, dann ein Verbot der Musikveranstaltungen. Die Differenzen ließen sich weder im Gespräch noch vor Gericht lösen. Doch die Veranstaltung um Wirt Ecki wollen nicht aufgeben und gründeten einen Förderverein „Blues am Turm e.V.", dem mittlerweile etliche Freunde der Open-Air-Musik zwischen Gollwitz und dem „Schwarzen Busch" beigetreten sind. Ob sie ihren Plan, den Blues am Turm zu erhalten, umsetzen können, wird die Zukunft zeigen.

Das meer kommt

wenn die menschen nicht
endlich begreifen

dass sie nur zu gast sind
auf der erde

werden sie eben
weg geschwemmt

Every Camel tells a story
oder: Wenn der Aetna sprechen könnte

Jedes Kamel erzählt eine Geschichte – so steht es in der Raucherlounge des Düsseldorfer Flughafens. Ich habe den Flug von Hamburg nach Catania auf Sizilien gebucht. Wieso ich deshalb hier (zwischen-)landen musste, sollte ich mich später noch öfter fragen!

Was will mir das Kamel von Camel erzählen: dass ich heute den ganzen Tag hier verbringen soll, weil der Aetna einmal wieder Asche gespuckt hat, sodass der Flughafen in Catania gesperrt ist? Doch davon wussten ich und meine Mitraucher in der Lounge bis jetzt noch nichts.

Zunächst wird nur der Abflug von 9:10 Uhr auf 11:30 Uhr verschoben, zum Glück hören wir die Ansage auch hier. Also gehe ich erstmal einen Kaffee trinken, man darf ja keinen mehr mitbringen. Beim Bäcker meines Vertrauens hätte ich weniger als die Hälfte bezahlt. Dazu verzehre ich mein letztes Frühstücksbrot, ein Frühstück könnte ich mir hier nicht leisten!

Nachdem auch die letzten Weihnachtskekse aufgebraucht sind, wird es Zeit, zum angekündigten Boarding zurück an den Flugsteig zu gehen. Auf dem Bildschirm steht 12:30 Uhr als nächste Startzeit. Also noch eine Stunde auf einem Flughafen, wo ich nichts mehr zu suchen habe, und wohin ich auch nicht wollte.

Die meisten meiner Nachbarn sind aus Italien, viele Sizilianer, die zu Weihnachten in die Heimat wollen. Alle telefonieren aufgeregt mit ihren Telefoninos, so viel und so oft, dass einige bald schon ihre Handys wieder laden müssen. Immer wenn man es braucht, ist der Akku leer.

Es gibt so wenige Sitzplätze für so viele Wartende, dass ich mein Frühstück lieber auf dem Teppich sitzend im Vorraum einnehme. Meine Nachbarn unterhalten sich auf Deutsch und ich frage sie, ob sie etwas Aktuelles wüssten, als die Rede auf Catania kommt.

Wie gut, dass ich noch sitze, er teilt mir eine erste Hiobsbotschaft mit: Der Flughafen Catania sei seit gestern Nacht gesperrt wegen Flugasche aus dem Aetna! Aber er hat (noch) die Hoffnung, dass wir nach Palermo fliegen könnten. Wenn uns Air Berlin da hinfliegt und wenn die Sizilianer Busse für den Weitertransport organisieren. Sie wissen jedenfalls nicht, wie sie von Palermo in ihr Dorf bei Syracus kommen sollen. Ich übrigens auch nicht, wie ich dann nach Catania kommen soll! Dann wäre ich gegen Mitternacht in Catania, und ohne die Möglichkeit, meine Gastgeber zu informieren!

Ob eine weitere Pfeife mich nach Catania bringt, weiß das Camel in der Raucherlounge auch nicht. Da treffe ich mich jetzt mit weiteren Gestrandeten und höre von Gerüchten, dass auf der Insel die Busfahrer (oder waren es die Fluglotsen?) streiken sollen. Ich denke ernsthaft darüber nach, ob ich den nächsten Flug zurück nehmen sollte, dabei haben wir erst Mittag!

Die Entscheidung darüber verschiebe ich, das Essen war eigentlich im Flieger geplant und eingepreist. Aber ich muss jetzt etwas essen, und gehe in den gastlichen Gastrobereich. Der ist fast leer, was mich bei den Preisen nicht wundert: Eine Mini-Quiche kostet sieben, der Flammkuchen ganze 12 Euro! Ich nehme zwei Würstchen für vier Euro, immerhin mit Brötchen. Davon wird man wenigstens satt, also fast ein Schnäppchen! Während ich noch meinen Hunger stille, verpasse ich fast den Aufruf für meinen Flug nach Catania.

Instinktiv raffe ich Wurst und Brot zusammen (man weiß ja nie!) und haste zum Gate. Dort wartet ein Bus auf uns, ich gehöre zu der Hälfte, die einsteigen darf – leider. Denn wir stehen, wie schon den halben Tag, und nichts passiert!

Nach gefühlten 15 Minuten schließt der Bus die Türen und setzt sich in Bewegung. Geht es jetzt endlich los? Zuerst machen wir eine Rundfahrt über das Flugfeld, zwar zu einer Air Berlin-Maschine, dürfen aber immer noch nicht aussteigen. Nach einer weiteren Viertelstunde steigt ein Mann in Neongelb in den Bus und gibt lapidar bekannt, es ginge jetzt zurück zum Gate, dort gebe es weitere Informationen. Ich ärgere mich zum zweiten Mal an diesem Tag, dass ich so wenig Italienisch kann: Ich hätte ihm gerne „Arschloch" hinterher gerufen (auf Italienisch).

Denn die Infos am Schalter waren so neu nicht: Der Flughafen in Catania sei immer noch gesperrt, wir sollten unser Gepäck abholen und uns am Ticket-Schalter melden. Jetzt bereute ich schon, dass ich nicht mittags den nächsten Flug nach Hamburg gebucht hatte!

Am Schalter geschahen dann die wirklichen Dramen: schreiende Kinder, prügelnde Erwachsene, die irgendwie ein Ticket wollten, und sich gnadenlos vordrängelten. Italiener können auch laut werden, dass weiß man nicht erst vom Fußball.

Ein schreiendes Kind hat dann dafür gesorgt, dass seine Mutter und ihr Begleiter früher dran kamen, was bei mir zu dem Ausruf führte: „Ich kann auch laut werden! "
Eine Sizilianerin hinter mir fühlte sich dadurch genötigt, dasselbe zu rufen. Nur konnte unser Geschrei mit dem Kinder-Gekreische nicht mithalten. Was aus meiner Mitstreiterin geworden ist, konnte ich leider nicht mehr erfahren, denn ich

bin noch am selben Tag nach Hause geflogen. Den Ätna konnte ich erst Monate später besuchen.

Der blaue planet

die menschen müssen
endlich lernen
das meer zu lieben

und aufhören es
als fischgrund
und müllkippe

zu nutzen

Globetrotter in Catania

Im März 2014 ist es endlich soweit. Ich fliege nach Catania auf Sizilien, am Fuße des Aetna. In das Bed + Breakfast Globetrotter von Daniele und Francesca.

Mein Quartier liegt zentral zwischen Hafen und Domplatz in einem Sanierungsgebiet. Der Fisch-markt (Piscaria) und die Innenstadt liegen nur einen Steinwurf entfernt. Jeden Vormittag findet in des Gassen des Viertels Markt statt. Und doch hat die Gegend schon bessere Zeiten gesehen.

Das Haus mit der Pension in einer Gasse neben der Bahnlinie sollte eigentlich platt gemacht werden, nach wenigen Jahren kam schon das Nachbarhaus zum Globetrotter hinzu. Ein Künstler, der sein Atelier im Nebenhaus hat, kaufte das ganze Ensemble, und rettete es so vor dem Abriss.

Betrieben wird das Bed + Breakfast von vier Freunden: Daniele und Francesca, Lavinia und einer vierten, die sich mir nie vorgestellt hat.
Sie teilen sich die Dienste untereinander auf. Lavinia war die ganze Zeit meine Ansprechpartnerin, sie war wundersamerweise immer

da, ob zum Frühstück oder wenn ich von meinen Touren zurück kam. Daniele und Francesca sind die Gründer des Ganzen und irgendwie sowas wie die „grauen Eminenzen".

Bei meiner Ankunft habe ich so viele Tipps bekommen, was ich alles sehen und erleben kann, dass ich mindestens zwei Wochen hätte bleiben müssen. Vielleicht war das so gewollt (und gut gemeint!), aber ich hatte schon Mühe und Not, mich für die eine Woche loszueisen.

Daniele, der Chef, sieht für einen Norddeutschen wie ein „waschechter" Sizilianer aus mit seinen tiefblauen Augen, dunklen Augenbrauen und Haaren. Noch eine Sonnenbrille, und er würde bei der Polizei als Mafiosi in die Fahndungsliste kommen.

Aber das sind wahrscheinlich nur Vorurteile eines deutschen Touristen aus Angst vor der „übermächtigen" Mafia. Dabei gibt es (auch in Catania!) mehr „Anti-Mafia-Aufkleber" (No Pizzo = kein Schutzgeld) als „Nazis-Raus"-Aufkleber an deutschen Restaurants oder Geschäften! Seit einigen Jahren macht sich immer mehr Widerstand bei Wirten und Geschäftsleuten gegen die Schutzgeld-Mafia breit.

Seinen Lieblingsplatz konnte mir Daniele nicht verraten, aber sein Team fährt am liebsten mit dem Zug *Circumetnea* halb um den Aetna, um auf den (meist) schneebedeckten Gipfel zu blicken und in der Pizzeria auf halber Strecke zu essen. In meinem „Stammcafé" beim Dom verkehrt übri-gens der Sohn des Krimi-Autors Andrea Camillieri *(Comissario Montalbano)* aus Sizilien, ich hab ihn leider nicht getroffen.

Kochen in fremden Töpfen

Im Jahr 2004 war ich drei Wochen im Dezember auf der griechischen Insel Kreta in der *Ovgora* von Ulla und Jannis in Kamilari. Das ist ein kleines Bergdorf im Süden der Insel, das mittlerweile mehr Touristen als Einheimische kennen.

Seit ca. 20 Jahren betreiben die beiden ihre Ferienwohnungen auf dem Berg über Kamilari, fünf Jahre später gehörte auch das Restaurant *Kelari* dazu. Der Taxifahrer brachte mich damals schon im Dunkeln zur Taverne, abends musste ich mit meinem Gepäck (und nach drei Raki!) zu Fuß den Berg rauf in mein Appartment.

Ulla kommt eigentlich aus Hamburg und hat sich seinerzeit nicht nur in Kreta, sondern auch in Jannis verliebt, zusammen haben beide die Kinder Jorgos und Anna. Jorgos leitet inzwischen das Restaurant, Ulla vermietet weiterhin die Wohnungen, und Jannis steuert den Wein, den Raki und das Olivenöl für die Küche und den Hofladen bei. Der befindet sich unter der Taverne und wurde nach meiner Abreise ausgebaut.

Unter mir wohnte damals der Sarde Giorgio, mit dem ich mich hin und wieder auf einen Wein traf. Bei einer dieser Gelegenheiten heckten wir die Idee aus, unsere Gastgeber in ihrer Küche zu bekochen. Am Montag war das Lokal geschlossen, und die Köchin hatte frei.

Die Pasta hat Giorgio kiloweise in seinem Van (in dem er im Sommer auch übernachtet), die Oliven und Artischocken kaufe ich auf dem Markt.

Abends begrüßt uns die Köchin freundlich in ihrem Reich, ist aber nicht wirklich begeistert, dass wir sie heute „arbeitslos" machen. Und auf die Idee, Artischocken mit Pasta zu kochen, wäre sie nie gekommen. Meinen Salat hält sie schlicht für „Fruchtsalat" und einfach *malaka* (verrückt).

Beide Gerichte gelingen und schmecken (uns) gut, unsere Gäste schweigen höflicher, fragen nur nach dem Preis für die Artischocken. Später bekommt die Köchin doch noch alle Hände voll zu tun, weil noch Gäste auftauchen, obwohl das Lokal doch geschlossen ist. Sie haben wohl das Licht gesehen, oder die Dorfchronik gehört. Was wir vorhatten, spricht sich in einem Dorf schneller herum als der Blitz.

Zum Abschluss setzt sich die Köchin noch zu uns an den Tisch, der Wirt bringt noch drei Raki aus eigener Produktion dazu, und bedankt sich für die Arbeitsentlastung. Das ist griechische Gastfreundschaft, darauf stoßen wir an!

Musik wie ein Sonnenuntergang

Früher verließen viele die Inseln aus Angst vor Armut und Hungersnot und fuhren aufs Meer, um dort ihr Glück und Geld zu suchen. Als Walfänger und Robbenjäger.

Hauke N. (Jahrgang 1953) hat die Insel Föhr nie verlassen (bis auf zwei Jahre in seiner Ausbildung), ist hier geboren und aufgewachsen und hat hier seine Insel der Stille und des Friedens gefunden.

Seit 1997 bewohnt Hauke mit seiner Familie das alte Reetdachhaus im Künstlerdorf Oldsum auf Föhr. Zum Haus gehört auch der gemeinsame Laden „Art & Weise", wo Besucher Bilder der Malerin Annette und des (Insel)Musikers Hauke kaufen oder bei einer Tasse Tee oder Kaffee seiner Naturmusik lauschen können.

Die produziert und „komponiert" Hauke in seinem Gartenstudio im Selbstverlag mit seiner „Band" aus Möwen, Inselvögeln und dem Rauschen des Meeres. So entsteht eine Naturmusik aus Gitarren, Flöten, Klavier, anderen Instrumenten und dem Klang des Meeres, die den Moment einfängt und festhält: Musik wie ein Sonnenuntergang. Der ist auch jedes Mal einzigartig und unwiederholbar.

Wer bisher Entspannungsmusik nur als „Fahrstuhlmusik" erlebt hat, wird bei den Stücken von Hauke eines anderen belehrt. Seine CDs, wie „Insel der Stille" oder „Sommerabend" werden seit ihrem Erscheinen in Kliniken, Schulen und Kindergärten mit Erfolg und Anerkennung gespielt.

Musik macht Hauke schon seit seiner Kindheit, seit den 1970er Jahren vor allem in der Natur der Insel, am Strand, den Salzwiesen und in Gärten. Inspiriert haben ihn dabei die (transzendentale) Meditation, die er ab 1976 gelernt hat, und die Töne in der Natur selber. Seine Musik fließt, weil er sich treiben lässt, es gibt keine Noten, jedes Stück Musik ist somit ein Unikat. Musiker und Zuhörer tauchen ein in die Schönheit und Stille der Natur.

Studiert hat er auch, Kunst und Erziehungswissenschaften an einer Pädagogischen Hochschule. Gesiegt hat am Ende die Kunst über die Wissenschaft, und die Erkenntnis, dass man niemanden erziehen, sondern jeder nur sich selbst verändern kann.

Selbst wer nicht mit Pink Floyd, Santana und den Doors aufgewachsen ist, sondern nur einfach seiner Musik folgt, wird finden, dass Haukes Entscheidung damals die Richtige war. Der Weg dahin war nicht immer einfach, kein Leben ist eine Einbahnstraße.

So hat Hauke verschiedene Projekte aufgebaut und betreut: ein Kulturhaus mit Teestube und ein Seminarhaus mit Meditationszentrum. Geworden ist daraus ein bisschen von allem: der Laden mit und für Kunst und Musik.

Das Schöne an seinem Beruf und an der Insel ist, dass er keine Lieblingsplätze zum Entspannen braucht. Das Meer ist ringsum und jeden Abend gibt es einen Sonnenuntergang – auch, wenn man ihn nicht jeden Tag sieht.

Zu Gast bei Muschelräubern

Chioggia ist die „kleine Schwester" von Venedig und immer noch der größte Fischerhafen an der Adria. Mit ihren Schnellbooten setzen die illegalen Muschelfischer dem ohnehin angeschlagenen Bestand schwer zu: Wenn sie so weitermachen, gibt es bald keine Muscheln in der Adria mehr!

Mit dem *Corso Popolo*, der Hauptstraße und Fußgängerzone wirkt Chiogia wie Venedig ohne Dogen. Auch diese Lagunenstadt wird von drei Kanälen geteilt und liegt darum auf vier Inseln: *Isola dei Saloni, San Domenico, Cantieri* und *Dell Unione*. Der Fischmarkt Pescheria ist berühmt für die Stadt, er liegt mitten im Ort und ist wirklich sehenswert. Selbst Venezianer kaufen hier ein, weil sie wissen, dass es hier oft mehr Angebote gibt als am Canal Grande.

Denn die Pescheria ist ein „Gesamt-Kunstwerk" für alle Sinne, von Aal bis Zander gibt es hier alle Fische und Meeresfrüchte, die man in den umliegenden Cafés auch gleich probieren kann. Die Auslagen sind Augenschmaus und Fotomotiv zugleich, besonders gegen Mittag ist der Lärm ohrenbetäubend, wenn die Händler ihren letzten Fang meistbietend anpreisen, muss man aufpassen, nicht in die Pfützen der schmelzenden Eismassen zu fallen.
Das „Wappentier" Chioggias wird hier natürlich auch angeboten, die Jakobsmuschel *(capesanta)*.

Selbst für Nicht-Fischesser ein Genuss, sie schmeckt leicht nussig, überhaupt nicht nach Fisch, und ist garantiert ohne Gräten! Ein Viertel der Stadt, die *Contrada San Giacomo*, trägt den Namen der Muschel und spielt eine besondere Rolle beim *Palio de La Marciallana*, dem Salzfest im Juni. Die Fiesta findet jedes Jahr statt, um die Befreiung von den Genuesern im Jahr 1380 zu feiern, mit Musik, Handwerk und Waffen aus dem Mittelalter. So treten hier u.a. die *Balestriere* (Armbrustschützen) wie vor 700 Jahren auf.

An der Muschelräuberei ist irgendwie die ganze Stadt beteiligt, jeder kennt einen, der mitmacht, aber alle halten dicht, wie bei der Mafia. Es sind oft die Söhne von legalen Muschelfischern, die den Kutter nicht erben, weil sie nicht der Älteste sind, und die deshalb auf ein Schnellboot umsteigen. Sie saugen die Muscheln vom Lagunengrund, sind geblendet vom schnellen Geld. 500 Euro „verdient" kein normaler Fischer in einer Nacht, viele noch nicht mal in einer Woche. Dafür dürfen sie dann ihre getarnten Schnellboote zwischen den normalen Kuttern verstecken und abends in der Kneipe einen auf ihren Erfolg ausgeben.

Clugia hieß die Stadt einst bei den Römern, so alt ist sie schon. Und wahrscheinlich stammt der Corso schon aus dieser Zeit, wo allabendlich das „Schaulaufen" stattfindet: Man und Frau trifft sich auf der Straße oder im Café nebenan, um zu sehen und gesehen zu werden. Feierabend auf Venezianisch.

Und man fährt Fahrrad im *Veneto* und, weil man hier nicht langsam fahren kann, neuerdings sehr viel mit E-bikes, Elektrorädern mit Batterie-Unterstützung. Viele haben einen „Sozius" als Sitz fürs Kind (oder die Freundin?) montiert. Weil sie schneller sind als normale Fahrräder, man sie aber dennoch nicht hört, sollten Fußgänger doppelt aufmerksam sein!

Wer genug der Muschelräuber oder von der ansonsten gastfreundlichen Stadt hat, kann am Ende des Corso ein *Vaporetto* nach Venedig nehmen. Für den normalen Fahrpreis kann man in einer halben Stunde durch die Lagune bis zum Markusplatz gondeln. Ein Geheimtipp für alle Venedig-Reisenden: In Chioggia kann man noch günstig essen und bezahlbar übernachten, die Kultur gibt es dann per Boot in Venedig. Und noch eine Rundfahrt durch die Lagune dazu!

Venedig im winter

wenn die gondeln
trauer tragen und
kapuzen gegen den
regen

sitzen die gondolieri
in ihren stammcafés
bei grappa und café

den café gegen die
kälte und den schnaps
gegen die melancholie:

venedig versinkt im meer
dagegen können sie
auch nichts tun

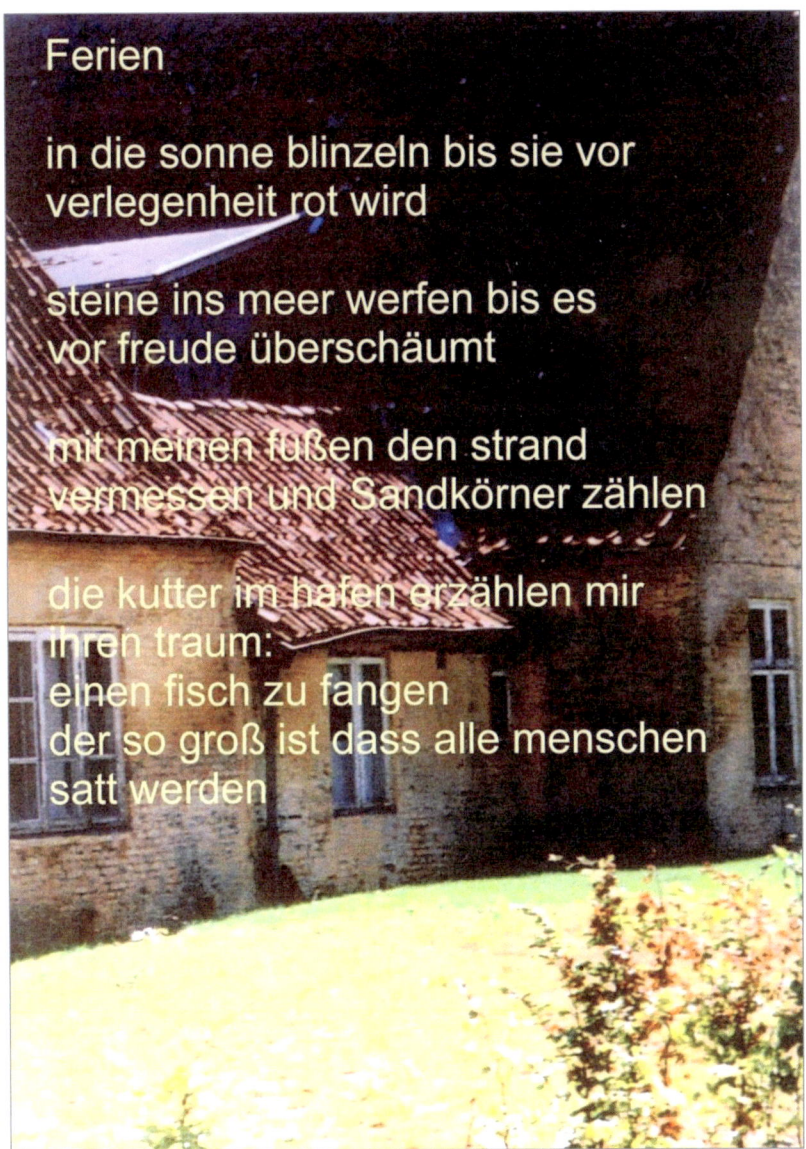

Ferien

in die sonne blinzeln bis sie vor
verlegenheit rot wird

steine ins meer werfen bis es
vor freude überschäumt

mit meinen füßen den strand
vermessen und Sandkörner zählen

die kutter im hafen erzählen mir
ihren traum:
einen fisch zu fangen
der so groß ist dass alle menschen
satt werden